CATALOGUE

D'UNE COLLECTION

D'ESTAMPES

D'après les Maîtres

DE

L'ÉCOLE DE FONTAINEBLEAU

PROVENANT

Du Cabinet de M. R. D.... [Robert-Dumesnil]

DONT LA VENTE AUX ENCHÈRES PUBLIQUES AURA LIEU

HOTEL DES COMMISSAIRES-PRISEURS

RUE DROUOT, 5

SALLE Nº 3, AU PREMIER ÉTAGE

Le Mercredi 26 Mars 1862

A UNE HEURE PRÉCISE

Par le ministère de Mᵉ **VAUTIER**, Commissaire-Priseur,
rue de Provence, 78,

Assisté de M. **CLEMENT**, Mᵈ d'Estampes de la Bibliothèque
impériale, 3, rue des Saints-Pères.

EXPOSITION PUBLIQUE

Le Mardi 25 Mars 1862, de une heure à quatre heures

—◇—

PARIS — 1862

D,7

CONDITIONS DE LA VENTE

Elle sera faite au comptant.

Les Acquéreurs paieront, en sus des adjudications, CINQ pour CENT applicables aux frais de la vente.

DÉSIGNATION

ÉCOLE DE FONTAINEBLEAU

PREMIÈRE PARTIE

Estampes de graveurs connus par leurs noms
ou par leurs chiffres

1 **Primatice** (François). Les deux Femmes ro-
maines (B. 1). — Superbe épreuve de cette seule
et belle estampe gravée par ce grand maître.

2 **Daven** (Léon). La Sainte-Vierge assise, d'après
le Parmesan (B. 1). — Belle épreuve.

3 — Le Sauveur délivrant les ancêtres des limbes
(B. 2). — Très-belle épreuve.

4 — Sainte Madeleine portée au ciel par des anges,
d'après le Primatice (B. 4). — Très-belle épreuve.

5 Les Apôtres regardant le Sauveur et la Sainte
Vierge, qui se trouvent l'un et l'autre dans une
gloire d'Anges. Grande pièce de quatre morceaux
destinés à être joints ensemble, d'après Jules Romain (B. 6 — 9). — Superbes épreuves. Très-rare.

6 — Alexandre domptant Bucéphale, d'après le
Primatice (B. 12). — Belle épreuve.

7 — **Daven** (Léon). L'empereur Marc-Antoine
offrant un sacrifice, d'après le Primatice (B. 14).
— Belle épreuve.

8 — Angles, d'après le Primatice, peints au palais
de Fontainebleau (B. 16-27). Suite de douze estampes. Nous n'avons que les numéros 16, 18, 20,
21, 22, 23 et 25. Sept pièces; plus la même suite
complète, copiée par B. Bos.

9 — Europe aidée par des femmes de sa suite à or-
ner de couronnes de fleurs le taureau blanc dont
Jupiter avait pris la forme, d'après le Primatice
(B. 29). — Belle épreuve portant au verso la si-
gnature de P. Mariette, 1657.

10 — Jupiter accompagné des autres Divinités, d'a-
près le Primatice (B. 33). — Très-belle épreuve.

11 — Une Nymphe de fontaine, d'après le Primatice
(B. 37). — Belle épreuve.

12 — Jupiter, changé en pluie d'or, visitant Danaé,
d'après le Primatice (B. 40). — Très-belle épreuve.

13 — Cadmus combattant le dragon qui a dévoré
ses compagnons, d'après le Primatice (B. 42).

14 — Des hommes et des femmes occupés à culti-
ver un jardin, d'après le Primatice (B. 43). —
Belle épreuve.

15 — La même estampe. — Contre-épreuve d'un
1er état avant les initiales du maître.

16 — **Daven** (Léon). Hercule combattant de dessus les vaisseaux des Argonautes, d'après le Primatice (B. 44), avec la copie, par Goltzius.

17 — Psyché puisant de l'eau dans la fontaine, d'après J. Romain (B. 46). — Très-belle épreuve

18 — Adonis mourant entre les mains de quelques-uns de ses chasseurs, d'ap. L. Penni (B. 47).

19 — Adonis et ses chasseurs poursuivant un sanglier, d'après L. Penni (B. 48).

20 — Diane et ses nymphes poursuivant un cerf, d'après L. Penni (B. 49).

21 — Hercule couché auprès d'Omphale, d'après le Primatice (B. 50).

22 — Mars et Vénus servis à table par l'Amour, les Grâces et des Nymphes, d'ap. L. Penni (B. 52). — Belle épreuve.

23 — Jupiter pressant les nuées (B. 54). — Épreuve doublée.

24 — Hercule se laissant habiller en femme, d'après le Primatice (B. 55).

25 — Vulcain et ses Cyclopes forgeant des flèches pour l'Amour (B. 56). — Superbe épreuve avec une petite marge.

26 — L'Amour, en l'air, tirant une flèche dans le cœur d'Apollon, d'après J. Romain (B. 57).

27 — **Daven** (Léon). Une femme assise, d'après le Parmesan (B. 58), avec la copie en contre-partie, par A. Quesnel. Deux pièces.

28 — Un jeune homme buvant de l'eau que lui présente une femme, d'après le Primatice (B. 61). — Pièce doublée.

29 — Des Hommes assemblés autour d'un chameau qu'ils changent de bagage, d'après le Primatice (B. 63). — Belle épreuve.

Pièces inconnues à Bartsch

30 — Apelles peignant Campaspe, d'après le Primatice.

31 — Les sept Péchés capitaux, d'après L. Penni. Pièce de forme ronde. — Très-belle épreuve.

32 — Deux statues, d'après l'antique.

33 — Les Amours de Pluton et de Proserpine. Suite complète de douze estampes chiffrées de 1 à 12 dans le milieu de la marge du haut. Largeur, 226 à 228 millim ; hauteur, 132 millim., dont 15 de marges, 5 au haut et 10 au bas.

34 — Les Amours de Jupiter et de Calisto. — Suite complète de douze estampes chiffrées de 1 à 12, au milieu de la marge du haut. Largeur, 225 à 227 millim.; hauteur, 132 millim., dont 15 de marge, 5 au haut et 10 au bas.

35. — **Daven** (Léon). Différents paysages faisant partie d'une suite dont M. Robert Dumesnil ne connaît que 31 morceaux. — Suite de vingt-six estampes. Largeur, 233 à 239 millim.; hauteur, 155 à 165 millim., dont 1 à 3 de marge. Le n° 1 de la suite : Orphée est double et copié en contre-partie.

36 — Grand paysage en largeur : site des environs de Fontainebleau. — Largeur, 363 millim.; hauteur, 273 millim.

37 — Grand paysage, gravé en largeur; vers la droite se voit un obélisque. — Pièce attribuée à L. Daven.

38 — Suite de soixante et une estampes décorant le livre intitulé : *Les quatre Premiers livres des navigations et pérégrinations orientales de N. de Nicolay Dauphinoys, etc.*, publié à Lyon chez Guillaume Roville, 1568. 64 p., dont 3 doubles.

39 **Fantuzzi** (Antoine), nommé **Antoine de Trente**. Scipion l'Africain faisant rendre à son mari une femme captive, d'après J. Romain (B. 3). — Epreuve doublée.

40 — Régulus renfermé par les Carthaginois dans un tonneau hérissé de clous, d'après J. Romain (B. 4). — Belle épreuve.

41 — Le combat des Horaces et des Curiaces, d'après J. Romain (B. 5). — Belle épreuve.

42 — Statues d'après l'antique (B. 10-12).

21

43 — **Fantuzzi** (Antoine). Nymphes au bain, *Loiselli* d'après le Parmesan (B. 14).

4 X

44 — Silène porté sur les bras de deux Bacchants, d'après maître Rous (B. 17). — Belle épreuve *4 4* *Cl*

14

45 — Jupiter assis sur son trône, envoyant sur terre les trois déesses, ou Jugement de Pâris (B. 21). — *Lerou...* Epreuve doublée.

9

46 — Un Empereur romain écoutant un homme qui lui adresse un discours, d'après maître Rous (B. 24).

10.50 X

47 — Plusieurs hommes et femmes assistant au brûlement d'un homme mort (B. 26). — Très-belle épreuve.

17

48 — Le Sacrifice, d'après maître Rous (B. 27). — Belle épreuve.

1.0

49 — Un grand banquet célébré par des Romains, d'après J. Romain (B. 28). — Très-belle épreuve.

40 XX

50 — Paysage montueux dans un montant d'ornements (B. 30). — Très-belle épreuve. *16 M 61* *Cl*

76 X

51 — Montant d'ornements (B. 34). — Epreuve qui a appartenu à Pierre Courtois, émailleur de Limoges ; elle est doublée. *65*

7

52 — Dessin d'une grotte artificielle (B. 35). — Belle épreuve.

31 X

53 — La Pêche miraculeuse, d'après Raphaël. — Très-belle épreuve. *10*

54 — Fantuzzi (Antoine). Marche d'armuriers antiques. Un chariot à quatre roues, chargé d'un enclume, de boucliers et de cuirasses, est conduit à droite par un cheval et un mulet. Il est escorté par des hommes à pied et à cheval qui occupent le fond. Morceau sans marque. — Cette pièce, ainsi que les trois qui suivent, sont gravées d'après les peintures de J. Romain, au Palais du T., à Milan.

55 — Marche de licteurs. Trois licteurs, précédés de trompettes, se dirigent à cheval vers la droite. Morceau sans marque.

56 — Marche de militaires à pied et à cheval.

57 — Les Frondeurs marchant vers la droite. — Pièce sans marque.

58 — La Prison. Morceau gravé dans le même sens que celui attribué à George Ghisi, n° 66 de son œuvre. Le monograme de Fantuzzi est au bas, à droite. — Epreuve doublée.

59 — Scipion accordant le pardon à des prisonniers, d'après J. Romain. Grande estampe en largeur. — Epreuve doublée.

60 — Jupiter et Antiope. Pièce gravée en largeur.

61 — Différentes statues de femmes, d'après l'antique. Six estampes.

62 — Cinq vases debout à la file sur une console. Ceux des extrémités sont en gaîne et leurs couvercles sont formés de têtes tirant la langue. Morceau sans marque.

63 — **Fantuzzi** (Antoine). Cinq vases aussi posés sur une console. Celui de l'extrémité droite est engaîné et le couvercle est formé d'une tête tirant la langue. Morceau également comme le précédent.

64 — Coupe décorée de raisins et soutenue par des nymphes.

65 **Barbiere** (Dominique del). La Lapidation de Saint-Etienne (B. 1). — Très-belle épreuve.

66 — Groupe de plusieurs saints, tiré du Jugement dernier de Michel-Ange (B. 2). Belle épreuve.

67 — Autre groupe tiré du Jugement dernier de Michel-Ange (B. 3). — Belle épreuve avec marge.

68 — Assemblée d'hommes et de femmes, d'après le Primatice (B. 6). — Très-rare épreuve d'un premier état, avant que la planche ait été nettoyée et avant les mots : A. Fonta. Belo. Bol. Etat inconnu à Bartsch.

69 — La même estampe. Très-belle épreuve avec les morts : A. Fonta. Belo. Bol.

70 — Deux hommes écorchés, d'après maître Rous (B. 8). — Belle épreuve.

71 **Maître au monogramme** I Q V. (B. T. XVI, p. 371). Apelles peignant Campaspe, d'après le Primatice (B. 2). — Très-belle épreuve.

72 Maître au monogramme I Q V. La Déesse
Vénus dans un char, d'après J. Romain (B. 3) —
Très-belle épreuve.

73 — La Chasse du sanglier, d'après J. Romain
(B. 4). — Belle épreuve.

74 — Montant d'ornements (B. 7). — Estampe
doublée.

75 — Homme nu à cheval. — Pièce non décrite.

ÉCOLE DE FONTAINEBLEAU

SECONDE PARTIE

Estampes gravées par différents peintres anonymes
d'après les peintures de Fontainebleau.

76 — Dieu assis sur un globe dans une Gloire, d ap.
Maître Rous. (B. 1). — Belle épreuve.

77 — Dieu créant Ève, d'après L. Penni. (B. 2.) —
Épreuve doublée.

78 — Adam et Ève se laissant séduire par le Démon,
d'après L. Penni. (B. 3). — Très-belle épreuve.

79 — La Naissance de la Vierge, d'après J. Romain.
(B. 5.) — Épreuve du 1er état, avec l'adresse de
Ant. Lafrerii.

80 — La même estampe. Épreuve avec l'adresse de
Gio Jacomo Rossi.

81 — La même composition gravée en contre-partie.
(B. 6.) — Très-belle épreuve.

82 — La Présentation de la Vierge au temple, d'après
J. Romain. (B. 7.) — Épreuve doublée.

83 — Les Pasteurs adorant l'Enfant Jésus, d'après
Maître Rous (B. 10.) — Belle épreuve.

84 — L'Adoration des Mages, d'après L. Penni. (B.
14.) — Très-belle épreuve.

85 — **Anonymes.** L'Adoration des Mages, d'après L. Penni. (B. 15.) — Pièce gravée dans une bordure d'ornements.

86 — Jésus lavant les pieds à ses disciples, d'après J. Romain. (B. 22).

87 — La Descente de Croix, d'après L. Penni. (B. 25.) — Très-belle épreuve.

88 — La Sainte-Vierge soutenant le corps mort du Christ. (B. 29.) — Pièce gravée dans une bordure d'ornements.

89 — L'Assomption de la Vierge, d'après J. Romain. (B. 36.) — Très-belle épreuve.

90 — Saint Michel combattant les Anges rebelles. (B. 37.) — Épreuve doublée.

91 — Saint Jean prêchant dans le désert. (B. 38.) — Épreuve doublée.

92 — La même composition gravée en petit format.

93 — Un Empereur Romain haranguant ses soldats, d'après Polydore de Caldara. (B. 39.) — Belle épreuve.

94 — Romulus et Rémus occupés à bâtir les murs de la ville de Rome, d'après le Primatice. (B. 40.) — Très-belle épreuve.

95 — La Mort de Cléopâtre, d'après L. Penni. (B. 41.) — Très-belle épreuve.

96 — **Anonymes**. Les Grecs se rendant maîtres du palais de Priam, d'après L. Penni. (B. 44. — Belle épreuve.

97 — Les Troyens introduisant dans leur ville le cheval de bois, d'après L. Penni. (B. 45) — Très-belle épreuve ; elle est doublée.

98 — Une Femme à genoux retenant un guerrier qui veut tuer un jeune homme, d'après L. Penni. (B. 46.) — Très-belle épreuve.

99 — Marc Curtius se dévouant à sa patrie, d'après L. Penni. (B. 47.) — Pièce gravée dans une bordure d'ornements. — Belle épreuve.

100 — Scipion se faisant apporter un pupitre rempli de papiers. (B. 48.) — Épreuve doublée.

101 — Clélie et ses compagnons traversant le Tibre. (B. 49.) — Belle épreuve.

102 — Hector soutenant l'effort des Grecs, après avoir combattu contre Patrocle, d'après J. Romain. (B. 50.) — Très-belle épreuve.

103 — Mars faisant l'amour à Vénus, d'apr. L. Penni. (B. 52.) — Très-belle épreuve.

104 — Hercule tuant Anthée, d'après Maître Rous. B. 59.)

105 — Vénus regardant Mars couché sur un lit, d'après le Primatice. (B. 61.) — Très-belle épreuve.

106 — **Anonymes**. Hercule se laissant habiller en femme, d'après le Primatice. (B. 67.) — Ce morceau est une répétition du n° 55 de l'œuvre de Léon Daven.

107 — La Dispute de Neptune et de Minerve, d'après maître Rous. (B. 68.) — Belle pièce gravée, suivant toute apparence, par A. Fantuzzi. — Très-belle épreuve. (Collection W. Esdaile.)

108 — Nombre d'Amours dans un bois se jetant des pommes. (B. 70.) — Belle épreuve.

109 — Le Jugement de Pâris, d'après L. Penni. (B. 72.) — Très-belle épreuve.

110 — Actéon métamorphosé en cerf, d'après L. Penni. (B. 73.) — Belle épreuve.

111 — La même composition gravée en petit format. — Pièce inconnue à Bartsch.

112 — Proserpine confiant à Psyché la boîte remplie de beauté, d'après J. Romain. (B. 74.) — Très-belle épreuve.

113 — La même estampe.

114 — Sujet de mythologie, d'après J. Romain. (B. 76.) — Belle épreuve.

115 — Vénus pleurant la mort d'Adonis, d'après J. Romain. (B. 77.) — Belle épreuve; elle est doublée.

6

116. — **Anonymes.** Un jeune homme buvant de l'eau que lui donne une femme, d'après le Prima-tice. (B. 81). — Très-belle épreuve.

1.50

117 — Les Fiançailles d'un jeune Grec, d'après le Pri-matice. (B. 84.)

13.50

118 — Un Soldat assis auprès du feu. (B. 86.)

1.50

119 — Un Malade couché sur le ventre, d'après J. Ro-main. — Pièce incontestablement gravée par A. Fantuzzi. (B. 87.) — Épreuve doublée.

8

120 — Marche d'un bagage d'armée, d'après J. Ro-main. (B. 91.) — Belle épreuve.

5.50

121 — Des hommes assemblés autour d'un chameau qu'ils chargent de bagage, d'après le Primatice. (B. 92.) — Belle épreuve.

20

122 — Des mariniers repoussant des hommes qui veulent entrer dans leurs barques, d'après Maître Rous. (B. 94.) — Très-belle épreuve.

4.50

123 — Sujet de bataille, d'après L. Penni. (B. 96.) — Très-belle épreuve.

4.50

124 — Sujet de bataille, d'après Jules Romain. (B. 98.) — On croit cette pièce gravée par Fantuzzi.

56

125 — Plusieurs femmes au bain, d'après L. Penni. (B. 99.) — Pièce entourée d'ornements.

2.50

126 — La même composition, gravée par Marc Bian-chi, sans bordure.

127 — **Anonymes**. Dessin d'ornements, orné d'un grand nombre de mascarons. (B. 116.) — Très-belle épreuve.

128 — Un paysage de forme ovale, entouré d'un cadre orné de figures. (B. 120.)

129 — Montants d'ornements, offrant au milieu un paysage. (B. 121.)

130 — Panneau d'ornements. (B. 128.)

131 — Montant d'ornements. (B. 136.)

132 — Montant d'ornements. (B. 138.)

133 — Montant d'ornements. (B. 142.)

134 — Dessin d'une aiguière. (B. 143.) — Partie gauche de l'estampe.

ÉCOLE DE FONTAINEBLEAU

Estampes gravées par différents maîtres anonymes
et qui sont inconnues à Bartsch.

135 — Portrait de Michel-Ange Buonarroti, à l'âge de XXIII ans. — Très-belle épreuve avec une petite marge.

136 — Moïse élevant le serpent d'airain. — Belle pièce.

137 — Le Jugement dernier. — Estampe gravée en largeur, dans le goût de Ant. Fantuzzi.

138 — La Nativité. — Estampe gravée en largeur.

139 — L'Adoration des mages. — Pièce gravée en hauteur.

140 — La Descente de croix. — Grande estampe gravée en hauteur.

141 — La Résurrection du Christ. — On voit le Sauveur debout au milieu d'une gloire d'anges, tenant, d'une main, une bannière, et, de l'autre, donnant sa bénédiction — Pièce en hauteur de forme ovale.

142 — Le Mariage de sainte Catherine. — Pièce gravée en largeur.

143 — La Sybille tiburtine faisant remarquer à l'empereur Auguste la Vierge au ciel, probablement d'après le Parmesan.

144 — **Anonymes.** La Chute de Phaéton. — Pièce gravée de forme ronde.

145 — L'Enlèvement d'Hélène. — Belle pièce gravée en largeur.

146 — La Victoire d'Achille. — Pièce cintrée par le haut.

147 — Combat d'hommes nus armés de massues. — Pièce gravée en largeur. Épreuve doublée.

148 — Seleucus, voyant son fils condamné par la loi à perdre les yeux, s'en fait crever un lui-même, d'après J. Romain.

149 — Bacchus enfant, monté sur une panthère qui mange des raisins. — Pièce inconnue à Bartsch et décrite dans le catalogue de M. H. de la Salle sous le n° 246. — Très-belle épreuve.

150 — Le vieux Silène accompagné de deux de ses acolytes. — Pièce en largeur, portant au verso les initiales P. M.

151 — Deux Amours armés chacun d'un trident, montés sur des chevaux marins.

152 — Homme nu attaché à un arbre. — Pièce gravée en hauteur.

153 — Statue de Scipion, d'après l'antique. — Pièce portant l'année 1546.

154 — Statues des Termes, suite de quinze estampes gravées en hauteur, dont deux ovales.

155 **Anomymes**. Panneau d'ornements, offrant un rond où l'on voit un paysage ; la bordure est ornée, vers le haut, de trois Génies, dont un qui sonne de la trompe. Au bas de l'estampe, sont deux enfants nus, le corps renversé.

156 — Chapiteau, d'après l'arc de Constantin. — Belle épreuve.

ESTAMPES GRAVÉES PAR DIFFÉRENTS MAITRES
La plupart d'après les peintures du château de Fontainebleau.

157 — Jeux d'Amours, d'après Raphaël. (B. 5.) — Clair-obscur de trois planches. Pièce très-rare.

158 **Belle** (Étienne de la). Portraits des princes Cosme II de Toscane et de sa femme, et de François de Toscane.

159 **Betou** (Alexandre). Morceaux d'après les grands tableaux de la salle de bal du palais de Fontainebleau. Suite de quinze estampes. (R.-D. 1-15.) Manque le n° 2. — Belles épreuves.

160 — Tableaux des embrasures des croisées prenant jour sur la cour du baptistère de Louis XIII. — Vingt-deux pièces.

161 — Trophées d'armes. Cinq pièces.

162 — Saint Grégoire le Grand. Pièce douteuse du maître.

163 **Bry** (Théodore de). Dessins de manches de couteaux, propres pour l'orfèvrerie et la bijouterie. Six pièces. — Très-belles épreuves.

164 **Dessins de Dés.** Très-jolie pièce, où sont représentés différents petits sujets gracieux et de costumes du XVIe siècle.

165 **Boyvin** (René). La chaste Susanne, d'après Maître Rous (R. D. 3). — Belle épreuve.

166 — L'Annonciation, d'après Maître Rous. (R. D. 5). — Belle épreuve.

167 — La Vierge et l'Enfant Jésus, d'après Maître Rous (R. D. 6). — Belle épreuve.

168 — Saint Jérôme, d'après Maître Rous (R. D. 10). — Très-belle épreuve.

169 — La Charité romaine (R. D. 11). — Belle épreuve.

170 — Le philosophe Empédocle, d'après Maître Rous (R. D. 12). — Belle épreuve.

171 — L'Appareil d'un sacrifice, d'après Maître Rous (R. D. 15). — Très-belle épreuve.

172 — L'Ignorance vaincue, d'après Maître Rous (R. D. 16). — Belle épreuve.

173 — La même composition, gravée en contre-partie, par Dominicus Zenoni.

174 — Les Effets de la piété filiale, d'après Maître Rous (R. D. 17). — Belle épreuve.

175 **Boyvin** (René). La Nymphe de Fontainebleau, d'après Maître Rous (R. D. 18). — Très-belle ép.

176 — Clélie, d'après Jules Romain (R. D. 19). — — Belle épreuve ; elle est doublée.

177 — Le dieu Mars ; la déesse Pallas, d'après L. Penni (R. D. 22-23). — Belles épreuves.

178 — Les Amours de Neptune et de Cérès, d'après Maître Rous (R. D. 25). — Très-belle épreuve.

179 — Le vieux Silène, d'après L. Penni (R. D. 28). — Très-belle épreuve.

180 — Hercule, d'après L. Penni (R. D. 32). — Belle épreuve.

181 — L'Assemblée des dieux, d'après le Primatice (R. D. 33). — Belle épreuve ; elle est doublée.

182 — Histoire de Jason et de la conquête de la toison d'or, suite complète de vingt-six estampes (R. D. 39-64. — Superbes épreuves du 1er état, avant les numéros, suite extrêmement rare et très-intéressante, à cause de l'ornementation qui entoure chaque sujet.

183 — La Dispute de Neptune et de Minerve, d'après Maître Rous (R. D. 67). — Très-belle épreuve.

184 — Danse de Dryades, d'après Maître Rous (R. D. 74). — Belle épreuve.

185 **Boivyn** (René). Diverses coiffures d'hommes et de femmes, pour des ballets, d'après Maître Rous (R. D. 78-89). Suite complète de douze estampes, dont six de figures d'hommes et six de figures de femmes; il manque le n° 79 de la suite des figures d'hommes. Magnifiques épreuves du 1er état, avant les numéros, suite extrêmement rare à rencontrer sans que chaque estampe soit divisée en deux morceaux.

186 — Les Parques, d'après Maître Rous (R. D. 90). — Belle épreuve; elle est doublée.

187 — Suite complète de neuf dessins d'Aiguières, Coupes, Salières, Plateaux, Brasiers, Nef, Corbeilles, Flambeaux, Nécessaires de toilette et Fontaines, propres aux orfèvres, bijoutiers, émailleurs et autres metteurs en œuvre (R. D. 171-179). Superbes épreuves. Suite extrêmement rare à rencontrer de cette qualité et complète.

188 — Les Amours de Jupiter et Léda, d'après Michel Ange. Sur la gauche de l'estampe, Léda est couchée sur une draperie qui est attachée au haut d'un tronc d'arbre contre lequel elle s'appuie, elle a la main gauche étendue à terre et elle a l'autre sur le cou du cygne qui est entre ses jambes. Vers le bas de la droite, on lit: *Michaelany inventor*. Pièce non décrite par M. Robert Dumesnil. Largeur, 316 millim; hauteur, 232 millim. Pièce fort rare.

188 bis. **Chartier** (JEAN). Un Ballet où l'on voit sur le devant, d'un côté, deux jeunes gens qui attachent des grelots à leurs jambes, et de l'autre un groupe d'autres jeunes gens nus dont le premier porte un flambeau, d'après le Primatice. Pièce anonyme, mais qui, suivant l'opinion de M. Robert Dumesnil, est bien de Jean Chartier. Hauteur, 272 millim.; largeur, 305 millim.

189 **Ducerceau** (Jacques Androuet). Des hommes et des femmes fuyant d'une ville en flamme, d'ap. Maître Roux. Cette estampe a été décrite par Bartsch, dans son catalogue des maîtres anonymes de l'école de Fontainebleau (voyez son *Peintre-Graveur*, tome XVI, page 83). — Très-belle épreuve d'une estampe extrêmement rare.

190 — Le même sujet, gravé en largeur. Pièce inconnue à Bartsch. Hauteur, 317 millimètres; largeur 439 millimètres. — Très-belle épreuve.

191 Le Jugement de Pâris, d'après Raphaël. — Pâris, à la gauche de l'estampe, remet la pomme d'or à Vénus qui est debout devant lui, entre Junon et Pallas. Ce sujet est gravé probablement d'après l'estampe de Marc-Antoine. — Largeur, 183 millim.; hauteur, 130 millim. — Très-belle épreuve d'une estampe fort rare.

192 — Les Troyens introduisant dans leur ville le cheval de bois que l'on voit en partie à la droite de l'estampe. Dans le fond, à droite, on a représenté

les Troyens travaillant à élargir la porte de la ville. Pièce gravée d'après Maître Roux, incontestablement par Ducerceau. — Largeur, 187 millim.; hauteur, 124 millim. — Très-belle épreuve d'une estampe très-rare.

193 — Panneaux d'ornements en largeur. Sept pièces. — Très-belles épreuves.

194 **Ducerceau** (Jacques Androuet). Jacobvs Androvetivs Dvcerceav Lectoribvs. S. etc., Aureliæ, 1550. — Quarante-six planches et frontispice de la suite des petites arabesques. — Belles épreuves avec toutes marges.

195 — Jacobvs Androvetivs Dvcerceav, Lectoribvs, etc., Aureliæ, 1250. — Suite de 35 planches et du frontispice des petits temples. — Belles épreuves.

196 — Grandes arabesques en largeur. 11 pièces. — Belles épreuves.

197 — Dessins de portes. Sept pièces.

198 **Garnier** (Antoine). L'Adoration des Rois, d'après le Primatice (R. D. 5).

199 — Morceaux d'après les peintures de la chapelle du château de Fleuri, près Fontainebleau. Suite de 15 estampes (R. D. 32-46); nous n'avons que les numéros 33, 35, 36, 37, 38, 39, 40, 41, 42, 44 et 46. 11 pièces.

216 **Vico** (Enée). Vulcain et ses Cyclopes forgeant des flèches, d'après le Primatice (B. 31). — Epreuve doublée.

---

217 **Le Peintre-Graveur français**, par M. A. P. F. ROBERT DUMESNIL. *Paris*, chez Mme Huzard, 1835-1850, 8 vol. in-8°, d.-rel. en mar. rouge. Bel exemplaire.

---

218 **Le Peintre-Graveur**, par ADAM BARTSCH. *A Vienne, de l'impriwerie de J. V. Degen*, 1803-1821 ; 21 tomes en 17 vol. in-8°, d.-rel. en maroquin vert, avec les planches gravées à l'eau-forte, par Bartsch.

RENOU et MAULDE, imprimeurs de la Compagnie des Commissaires-Priseurs, rue de Rivoli, 144.   9686

www.ingramcontent.com/pod-product-compliance
Lightning Source LLC
Chambersburg PA
CBHW061622180626
46818CB00005B/2198